LE TEMPS EST VENU

Discours de Nelson Mandela
lors de son investiture à la présidence
de la République démocratique
d'Afrique du Sud, 10 mai 1994

ÉVEILLEZ-VOUS À LA LIBERTÉ

Discours radiodiffusé
du Premier ministre indien,
Jawaharlal Nehru,
à l'occasion de l'accession
à l'indépendance de l'Inde
14 août 1947

LE TEMPS EST VENU

Discours de Nelson Mandela lors de son investiture à la présidence de la République démocratique d'Afrique du Sud, 10 mai 1994

suivi de

ÉVEILLEZ-VOUS À LA LIBERTÉ

Discours radiodiffusé du Premier ministre indien, Jawaharlal « Pandit » Nehru, à l'occasion de l'accès à l'indépendance de l'Inde, 14 août 1947

Éditions Points

Conseiller éditorial : Yves Marc Ajchenbaum

L'éditeur remercie Valérie Kubiak,
assistée d'Anna Schurtz, pour leur collaboration.

Pour le texte de Nelson Mandela : Source ReSo – Réformistes et Solidaires (www.re-so.net)

ISBN 978-2-7578-1815-2

Sommaire

« Le temps est venu »

Discours de Nelson Mandela, lors de son investiture à la présidence de la République démocratique d'Afrique du Sud, 10 mai 1994

C'est un triomphe ! Le héros des opprimés d'Afrique du Sud, Nelson Mandela, unique candidat à l'investiture, est élu, le 9 mai 1994, président de la République par la première assemblée nationale multiraciale issue des urnes. Ses camarades de lutte sont là, ses anciens ennemis aussi, mais également quarante-deux chefs d'État, cinq mille dignitaires sud-africains et étrangers et cent cinquante mille citoyens ordinaires, Noirs et Blancs.

« Now is the time ! » Le moment est venu ! Le slogan du Congrès national africain (ANC), désormais largement majoritaire à la Chambre, prend toute sa force. Ainsi s'achève un long processus de paix qui avait sérieusement commencé lorsque les portes du pénitencier s'étaient ouvertes pour laisser passer, le 11 février 1990, après 27 ans d'incarcération, le leader incontesté de la lutte contre l'apartheid.

En 1994, le pays compte 75 % de Noirs, 13 % de Blancs, 9 % de métis et 3 % d'Indiens. Ils vont

désormais apprendre à vivre ensemble, sur un même pied d'égalité. Les nouveaux dirigeants politiques ont face à eux une population pauvre et impatiente, avide de droits, d'emploi et de formation. L'ampleur de la tâche est immense et le pays couvert de dettes.

Discours de Nelson Mandela

Today, all of us do, by our presence here, and by our celebrations in other parts of our country and the world, confer glory and hope to newborn liberty.

Out of the experience of an extraordinary human disaster that lasted too long, must be born a society of which all humanity will be proud.

Our daily deeds as ordinary South Africans must produce an actual South African reality that will reinforce humanity's belief in justice, strengthen its confidence in the nobility of the human soul and sustain all our hopes for a glorious life for all.

All this we owe both to ourselves and to the peoples of the world who are so well represented here today.

Aujourd'hui, par notre présence ici, et par nos célébrations dans d'autres régions du pays et du monde, nous glorifions la liberté qui vient de naître et mettons en elle tous nos espoirs.

De l'expérience d'un désastre humain qui n'a que trop longtemps duré doit naître une société dont l'humanité entière sera fière.

Nos actes au quotidien en tant que Sud-Africains ordinaires doivent déboucher sur une véritable réalité sud-africaine qui renforcera la foi de l'humanité en la justice, affermira sa confiance en la noblesse de l'âme humaine et nourrira nos espoirs d'une vie épanouie pour chacun d'entre nous.

Tout cela, nous le devons à la fois à nous-mêmes et aux peuples du monde entier si bien représentés ici aujourd'hui.

To my compatriots, I have no hesitation in saying that each one of us is as intimately attached to the soil of this beautiful country as are the famous jacaranda trees of Pretoria and the mimosa trees of the bushveld.

Each time one of us touches the soil of this land, we feel a sense of personal renewal. The national mood changes as the seasons change.

We are moved by a sense of joy and exhilaration when the grass turns green and the flowers bloom.

That spiritual and physical oneness we all share with this common homeland explains the depth of the pain we all carried in our hearts as we saw our country tear itself apart in a terrible conflict, and as we saw it spurned, outlawed and isolated by the peoples of the world, precisely because it has become the universal base of the pernicious ideology and practice of racism and racial oppression.

We, the people of South Africa, feel fulfilled that humanity has taken us back into its bosom, that we, who were outlaws

À mes compatriotes, je dis sans hésiter que chacun d'entre nous est aussi intimement attaché à la terre de ce magnifique pays que le sont les célèbres jacarandas de Pretoria et les mimosas de la savane.

Chaque fois que l'un de nous touche le sol de ce pays, nous éprouvons un sentiment de renouveau personnel. L'humeur nationale change comme changent les saisons. Nous sommes transportés de joie et d'enthousiasme lorsque l'herbe reverdit et que les fleurs s'épanouissent.

Cette unité spirituelle et physique que nous partageons tous avec cette patrie commune explique l'intensité de la souffrance que nous avons portée dans nos cœurs lorsque nous avons vu notre pays se déchirer dans un conflit épouvantable, et lorsque nous l'avons vu rejeté, proscrit et isolé des peuples du monde entier, précisément parce qu'il était devenu la base universelle de l'idéologie et de la pratique pernicieuses du racisme et de l'oppression raciale.

Nous, le peuple sud-africain, sommes comblés que l'humanité nous ait repris en son sein ; nous, qui il n'y a pas si

not so long ago, have today been given the rare privilege to be host to the nations of the world on our own soil.

We thank all our distinguished international guests for having come to take possession with the people of our country of what is, after all, a common victory for justice, for peace, for human dignity.

We trust that you will continue to stand by us as we tackle the challenges of building peace, prosperity, non-sexism, non-racialism and democracy.

We deeply appreciate the role that the masses of our people and their political mass democratic, religious, women, youth, business, traditional and other leaders have played to bring about this conclusion. Not least among them is my Second Deputy President, the Honourable FW De Klerk.

We would also like to pay tribute to our security forces, in all their ranks, for the

longtemps étions des hors-la-loi, avons aujourd'hui le rare privilège d'accueillir les nations du monde sur notre sol.

Nous remercions tous nos distingués invités internationaux d'être venus prendre possession avec notre peuple de ce qui, au bout du compte, est une victoire commune pour la justice, la paix et la dignité humaine.

Nous sommes sûrs que vous continuerez à vous tenir à nos côtés lorsque nous relèverons les défis qui consistent à construire la paix, la prospérité, la démocratie, et à œuvrer contre le sexisme et contre le racisme.

Nous apprécions infiniment le rôle qu'a joué l'ensemble de notre peuple, les démocrates, les religieux, les femmes, les jeunes, les entrepreneurs, les leaders traditionnels et autres, afin de parvenir à cette conclusion. Parmi eux, et non des moindres, figure mon second vice-président, l'honorable Frederik Willem De Klerk.

Nous aimerions également rendre hommage à nos forces de sécurité,

distinguished role they have played in securing our first democratic elections and the transition to democracy, from blood-thirsty forces which still refuse to see the light.

The time for the healing of the wounds has come.

The moment to bridge the chasms that divide us has come.

The time to build is upon us.

We have, at last, achieved our political emancipation. We pledge ourselves to liberate all our people from the continuing bondage of poverty, deprivation, suffering, gender and other discrimination.

We succeeded to take our last steps to freedom in conditions of relative peace. We commit ourselves to the construction of a complete, just and lasting peace.

We have triumphed in the effort to implant hope in the breasts of the millions of our people. We enter into a covenant that

quels que soient leurs grades, pour la tâche remarquable qu'elles ont accomplie en protégeant nos premières élections démocratiques, et par là même la transition vers la démocratie, des groupes assoiffés de sang qui se refusent toujours à voir la lumière.

Le temps est venu de panser les blessures.

Le temps est venu de combler les gouffres qui nous séparent.

Le temps de construire est arrivé.

Nous avons, enfin, réalisé notre émancipation politique. Nous nous engageons à libérer notre peuple de l'esclavage permanent dû à la pauvreté, à la privation, à la souffrance, au sexisme et à toute autre discrimination.

Nous avons réussi à franchir cette dernière étape vers la liberté dans des conditions de paix relative. Nous prenons l'engagement de construire une paix complète, juste et durable.

Nous avons triomphé dans notre effort à insuffler l'espoir dans le cœur de millions de nos concitoyens. Nous nous engageons

we shall build the society in which all South Africans, both black and white, will be able to walk tall, without any fear in their hearts, assured of their inalienable right to human dignity – a rainbow nation at peace with itself and the world.

As a token of its commitment to the renewal of our country, the new Interim Government of National Unity will, as a matter of urgency, address the issue of amnesty for various categories of our people who are currently serving terms of imprisonment.

We dedicate this day to all the heroes and heroines in this country and the rest of the world who sacrificed in many ways and surrendered their lives so that we could be free.

Their dreams have become reality. Freedom is their reward.

We are both humbled and elevated by the honour and privilege that you, the people of South Africa, have bestowed on us, as the first

à construire une société dans laquelle tous les Sud-Africains, qu'ils soient blancs ou noirs, pourront marcher la tête haute et sans crainte, assurés de leur droit inaliénable à la dignité humaine – une nation arc-en-ciel en paix avec elle-même et avec le monde.

Comme gage de son engagement à reconstruire notre pays, le nouveau gouvernement d'unité nationale par intérim examinera en urgence la question de l'amnistie concernant diverses catégories de nos concitoyens qui purgent actuellement des peines d'emprisonnement.

Nous dédions ce jour à tous les héros et héroïnes de ce pays et du monde qui se sont sacrifiés de multiples façons et ont donné leur vie afin que nous puissions être libres.

Leurs rêves sont devenus réalité. La liberté est leur récompense.

Nous nous sentons à la fois humbles et fiers de l'honneur et du privilège que vous, le peuple sud-africain, nous avez accordés, en tant que premier président

President of a united, democratic, non-racial, non-sexist South Africa, to lead our country out of the valley of darkness.

We understand it still that there is no easy road to freedom.

We know it well that none of us acting alone can achieve success.

We must therefore act together as a united people, for national reconciliation, for nation building, for the birth of a new world.

Let there be justice for all.

Let there be peace for all.

Let there be work, bread, water and salt for all.

Let each know that for each the body, the mind and the soul have been freed to fulfil themselves.

Never, never and never again shall it be that this beautiful land will again experience the oppression of one by another and suffer the indignity of being the skunk of the world.

Let freedom reign.

d'une Afrique du Sud unie, démocratique, non raciste et non sexiste, afin de mener notre pays hors de la vallée des ténèbres.

Nous comprenons néanmoins que la route vers la liberté n'est pas facile.

Nous savons bien qu'aucun de nous en agissant seul ne peut réussir.

Nous devons par conséquent agir ensemble comme un peuple uni en vue de la réconciliation nationale, de la construction de la nation et de la naissance d'un nouveau monde.

Que la justice soit pour tous.

Que la paix soit pour tous.

Que le travail, le pain, l'eau et le sel soient pour tous.

Que chacun d'entre nous sache que son corps, son esprit et son âme ont été libérés afin de s'épanouir.

Que jamais, jamais, jamais plus ce pays magnifique ne revive l'expérience de l'oppression des uns par les autres ni ne subisse l'indignité d'être le paria du monde.

Que règne la liberté.

The sun shall never set on so glorious a human achievement !

God bless Africa !

Thank you.

Jamais le soleil ne se couchera sur une réussite humaine aussi glorieuse !

Dieu bénisse l'Afrique !

Merci.

Traduit de l'anglais par Pascale Haas

Chronologie*

1652-1806 : *Colonisation hollandaise du sud de l'Afrique.*
1806-1854 : *Pénétration britannique.*
1902-1910 : *Formation de l'Union sud-africaine, un État organisé autour d'un système parlementaire réservé aux seuls Blancs.*
18 juillet 1918 : Naissance de Mandela dans la région du Transkei.
1939 : *L'Union sud-africaine s'engage aux côtés des Britanniques dans la guerre mondiale mais le gouvernement doit faire face à un fort courant neutraliste sinon pronazi.*
1940 : Étudiant en droit, Nelson Mandela commence une carrière politique.
1952 : Il cofonde, à Johannesburg, le premier cabinet d'avocats noirs et prend des responsabilités au sein de l'African National Congress (ANC).

* Les événements historiques sont présentés en italiques.

Mars 1960 : *L'ANC s'engage dans la lutte armée.*
5 octobre 1960 : *Les électeurs blancs du pays votent, par référendum, la création d'une République sud-africaine en rupture avec le Commonwealth britannique.*
1961 : Mandela prend la direction de la branche armée de l'ANC.
12 juin 1965 : Il est condamné, avec sept autres personnes, à la prison à vie pour un attentat dont il assume la responsabilité.
Décembre 1973 : Le gouvernement sud-africain lui propose une libération et l'exil en échange d'un appel à l'abandon de la lutte armée. Il refuse.
1983-1984 : *Une nouvelle constitution est établie qui présuppose une évolution plus souple de l'« apartheid rigide » des années 1950-1960.*
31 janvier 1986 : *Le président Pieter Botha annonce la prochaine suppression de laissez-passer pour les Noirs et affirme que l'apartheid est « un concept périmé ».*
11 février 1990 : Mandela, désormais considéré comme le chef historique de l'ANC, est libéré après 27 années passées en prison. Son credo : une Afrique du Sud unie, démocratique et non raciale.
2-4 mai 1990 : *Le gouvernement sud-africain, dirigé par Frederik De Klerk, et l'ANC commencent des discussions officielles sur l'avenir de l'Afrique du Sud.*

1er février 1991 : *Mise en œuvre de l'abrogation des lois discriminatoires. L'ANC abandonne officiellement la lutte armée.*
17 juin 1991 : *Frederik De Klerk annonce l'abolition officielle de l'apartheid.*
15 octobre 1993 : Nelson Mandela et Frederik De Klerk reçoivent conjointement le prix Nobel de la paix à Oslo.
27 avril 1994 : *Premières élections législatives multiraciales.*
9 mai 1994 : Le nouveau Parlement élit Nelson Mandela à la présidence de la République. Dès le début de son mandat, il fait savoir qu'il ne se représentera pas en 1999.

« Éveillez-vous à la liberté »

Discours radiodiffusé
du Premier ministre indien,
Jawaharlal « Pandit » Nehru, à l'occasion de l'accès à l'indépendance de l'Inde, 14 août 1947

« Je suis un bizarre mélange d'Orient et d'Occident, nulle part à ma place, nulle part chez moi », écrivait Jawaharlal Nehru dans son autobiographie. Et le militant indépendantiste formé dans les meilleures universités britanniques et bon connaisseur des prisons de Sa Majesté ajoutait souvent : « Ce que je préfère après l'Inde, c'est la poésie anglaise. »

L'homme était simple, souriant et délicat. Proche de Gandhi, même s'il ne partageait pas son éloge de la pauvreté, il voulait faire de son pays une puissance moderne qui ne se détourne pas de son histoire. Pour réussir la construction d'une Union indienne, il fallait donc rallier les princes et les pauvres parmi les pauvres, les Intouchables. « Le peuple de Dieu », disait Gandhi.

Au début des années 1940, l'Inde comptait un peu plus de 400 millions d'habitants et une majorité d'illettrés. L'Assemblée constituante, qui s'était réunie ce 14 août 1947 pour écouter le pandit

Nehru, le sage, avait conscience de l'immensité de sa tâche. Pour réussir, elle s'était donné une constitution républicaine et une forme de gouvernement essentiellement parlementaire. Dans un pays toujours dominé par un système de castes, un tel projet était audacieux. Soixante-deux ans plus tard, l'Inde est une démocratie en plein développement, mais avec des barrières sociales encore peu poreuses.

Discours de Jawaharlal Nehru

Long years ago we made a tryst with destiny, and now the time comes when we shall redeem our pledge, not wholly or in full measure, but very substantially. At the stroke of the midnight hour, when the world sleeps, India will awake to life and freedom. A moment comes, which comes but rarely in history, when we step out from the old to the new, when an age ends, and when the soul of a nation, long suppressed, finds utterance. It is fitting that at this solemn moment we take the pledge of dedication to the service of India and her people and to the still larger cause of humanity.

At the dawn of history India started on her unending quest, and trackless centuries

Voilà de longues années, nous avions pris rendez-vous avec le destin, et le temps est venu aujourd'hui de tenir notre engagement ; pas entièrement ni pleinement, mais en très grande part. Lorsque minuit sonnera, tandis que le monde dormira, l'Inde s'éveillera à la vie et à la liberté. Le moment est arrivé, et il n'arrive que rarement dans l'histoire, où nous passons de l'ancien au nouveau, où une époque se termine et où l'âme d'une nation longtemps étouffée parvient à s'exprimer. En cet instant solennel, il convient que nous prenions l'engagement de nous consacrer à servir l'Inde et son peuple, ainsi que la cause encore plus large de l'humanité.

À l'aube de l'histoire, l'Inde a entamé une quête sans fin, et de longs siècles

are filled with her striving and the grandeur of her success and her failures. Through good and ill fortune alike she has never lost sight of that quest or forgotten the ideals which gave her strength. We end today a period of ill fortune and India discovers herself again. The achievement we celebrate today is but a step, an opening of opportunity, to the greater triumphs and achievements that await us. Are we brave enough and wise enough to grasp this opportunity and accept the challenge of the future?

Freedom and power bring responsibility. The responsibility rests upon this Assembly, a sovereign body representing the sovereign people of India. Before the birth of freedom we have endured all the pains of labour and our hearts are heavy with the memory of this sorrow. Some of those pains continue even now. Nevertheless, the past is over and it is the future that beckons to us now.

résonnent encore de ses luttes et de la grandeur de ses réussites et de ses échecs. À travers les bonnes comme les mauvaises fortunes, elle n'a jamais perdu de vue cette quête, ni oublié les idéaux qui lui ont donné de la force. Nous mettons fin aujourd'hui à une période d'infortune, et l'Inde se redécouvre. La réussite que nous célébrons en ce jour n'est qu'une étape, la possibilité d'une chance, en vue des plus grands triomphes et réussites qui nous attendent. Sommes-nous assez courageux et assez sages pour nous en saisir et accepter le défi de l'avenir ?

La liberté et le pouvoir amènent la responsabilité. La responsabilité repose sur cette Assemblée, un corps souverain qui représente le peuple souverain de l'Inde. Avant que ne soit née la liberté, nous avons enduré toutes les souffrances du labeur, et nos cœurs sont lourds du souvenir de cette douleur. Certaines de ces souffrances perdurent encore aujourd'hui. Néanmoins, c'en est fini du passé et c'est à présent l'avenir qui nous fait signe.

That future is not one of ease or resting but of incessant striving so that we may fulfil the pledges we have so often taken and the one we shall take today. The service of India means the service of the millions who suffer. It means the ending of poverty and ignorance and disease and inequality of opportunity. The ambition of the greatest man of our generation has been to wipe every tear from every eye. That may be beyond us, but as long as there are tears and suffering, so long our work will not be over.

And so we have to labour and to work, and work hard, to give reality to our dreams. Those dreams are for India, but they are also for the world, for all the nations and peoples are too closely knit together today for any one of them to imagine that it can live apart Peace has been said to be indivisible ; so is freedom, so is prosperity now, and so also is disaster in this One World

Cet avenir ne sera fait ni de facilité ni de repos, mais d'efforts incessants afin de tenir les engagements que nous avons pris tant de fois, tout comme celui que nous prenons aujourd'hui. Servir l'Inde signifie servir les millions d'êtres qui souffrent. Cela signifie la fin de la pauvreté, de l'ignorance, de la maladie et de l'inégalité des chances. Le plus grand homme de notre génération a eu pour ambition de sécher toutes les larmes de tous les yeux. Il est possible que cet objectif nous dépasse, mais tant qu'il y aura des larmes et de la souffrance, notre tâche ne sera pas terminée.

Aussi nous faut-il peiner et travailler, travailler dur pour que nos rêves deviennent réalité. Ces rêves, nous les faisons pour l'Inde, mais également pour le reste du monde, car toutes les nations et les peuples sont désormais trop étroitement liés pour que l'un ou l'autre s'imagine pouvoir vivre à l'écart. On a dit de la paix qu'elle était indivisible ; la liberté et la prospérité le sont tout autant, comme l'est le désastre dans ce monde

that can no longer be split into isolated fragments.

To the people of India, whose representatives we are, we make an appeal to join us with faith and confidence in this great adventure. This is no time for petty and destructive criticism, no time for ill-will or blaming others. We have to build the noble mansion of free India where all her children may dwell.

The appointed day has come – the day appointed by destiny – and India stands forth again, after long slumber and struggle, awake, vital, free and independent. The past clings on to us still in some measure and we have to do much before we redeem the pledges we have so often taken. Yet the turning-point is past, and history begins anew for us, the history which we shall live and act and others will write about.

qui ne fait qu'un et ne peut plus être divisé en fragments isolés.

Au peuple de l'Inde, dont nous sommes les représentants, nous lançons un appel pour qu'il nous rejoigne avec foi et confiance dans cette grande aventure. Le moment n'est pas aux critiques mesquines et dévastatrices, pas plus qu'il n'est à la rancune ou à blâmer autrui. Il nous faut construire la noble demeure de l'Inde libre où tous ses enfants puissent habiter.

Le jour fixé est arrivé – le jour fixé par le destin – et l'Inde, après avoir longtemps sommeillé et lutté, se tient à nouveau debout, réveillée, vivante, libre et indépendante. Le passé continue dans une certaine mesure à s'accrocher à nous et nous avons beaucoup à faire avant de nous acquitter des engagements que nous avons pris si souvent. Cependant, le tournant est amorcé, et l'histoire pour nous recommence, l'histoire que nous vivrons, dans laquelle nous agirons et sur laquelle d'autres écriront.

It is a fateful moment for us in India, for all Asia and for the world. A new star rises, the star of freedom in the East, a new hope comes into being, a vision long cherished materializes. May the star never set and that hope never be betrayed !

We rejoice in that freedom, even though clouds surround us, and many of our people are sorrowstricken and difficult problems encompass us. But freedom brings responsibilities and burdens and we have to face them in the spirit of a free and disciplined people.

On this day our first thoughts go to the architect of this freedom, the Father of our Nation [Gandhi], who, embodying the old spirit of India, held aloft the torch of freedom and lighted up the darkness that surrounded us. We have often been unworthy followers of his and have strayed from his message, but not only we but succeeding generations will remember this message and bear the imprint

C'est un moment fatidique pour nous en Inde, pour l'ensemble de l'Asie et pour le monde. Une nouvelle étoile se lève, l'étoile de la liberté en Orient, un nouvel espoir se fait jour, une vision longtemps chérie se matérialise. Puisse cette étoile ne jamais se coucher et cet espoir ne jamais être trahi !

Nous nous réjouissons de cette liberté, bien que des nuages menacent, que nombre de nos concitoyens soient accablés de chagrin et que nous soyons confrontés à des problèmes difficiles. Mais la liberté s'accompagne de responsabilités et de fardeaux auxquels il nous faut faire face dans l'esprit d'un peuple libre et discipliné.

En ce jour, nos pensées vont à l'architecte de cette liberté, le père de notre nation [Gandhi], qui, incarnant l'esprit ancien de l'Inde, a brandi la torche de la liberté et éclairé les ténèbres qui nous entouraient. Nous avons souvent été des disciples indignes et nous nous sommes écartés de sa voie ; cependant, non seulement nous mais les générations à venir se souviendront de son message et porteront

in their hearts of this great son of India, magnificent in his faith and strength and courage and humility. We shall never allow that torch of freedom to be blown out, however high the wind or stormy the tempest.

Our next thoughts must be of the unknown volunteers and soldiers of freedom who, without praise or reward, have served India even unto death.

We think also of our brothers and sisters who have been cut off from us by political boundaries and who unhappily cannot share at present in the freedom that has come. They are of us and will remain of us whatever may happen, and we shall be sharers in their good and ill fortune alike.

The future beckons to us. Whither do we go and what shall be our endeavour ? To bring freedom and opportunity to the common man, to the peasants and workers of India ; to fight and end poverty and ignorance and disease ; to build up a

dans leur cœur l'empreinte qu'a laissée le grand fils de l'Inde, magnifique dans sa foi, sa force, son courage et son humilité. Jamais nous ne laisserons s'éteindre cette torche de la liberté, aussi fort que soient le vent ou tumultueuse la tempête.

Nos pensées doivent ensuite aller aux volontaires anonymes et aux soldats de la liberté qui, sans recevoir d'éloges ni de récompenses, ont servi l'Inde jusque dans la mort.

Nous pensons également à nos frères et à nos sœurs que des frontières politiques ont coupés de nous, et qui ne sont malheureusement pas en mesure aujourd'hui de profiter de cette nouvelle liberté. Ils sont et resteront des nôtres quoi qu'il arrive et nous partagerons avec eux les bonnes comme les mauvaises fortunes.

L'avenir nous fait signe. Vers quoi allons-nous et en quoi consistera notre effort ? À apporter la liberté et l'opportunité aux hommes ordinaires, aux paysans et aux travailleurs indiens ; à combattre et à mettre un terme à la pauvreté, à l'ignorance et à la maladie ; à construire

prosperous, democratic and progressive nation, and to create social, economic and political institutions which will ensure justice and fullness of life to every man and woman.

We have hard work ahead. There is no resting for any one of us till we redeem our pledge in full, till we make all the people of India what destiny intended them to be. We are citizens of a great country on the verge of bold advance, and we have to live up to that high standard. All of us, to whatever religion we may belong, are equally the children of India with equal rights, privileges and obligations. We cannot encourage communalism or narrow-mindedness, for no nation can be great whose people are narrow in thought or in action.

une nation prospère, démocratique et progressiste, ainsi qu'à créer des institutions sociales, économiques et politiques qui assureront la justice et une vie épanouie à chaque homme et à chaque femme.

Un dur travail nous attend. Aucun d'entre nous ne connaîtra de repos tant que nous n'aurons pas tenu pleinement notre engagement, tant que nous n'aurons pas fait du peuple de l'Inde ce que le destin voulait qu'il soit. Nous sommes les citoyens d'un grand pays qui s'apprête à faire un pas en avant audacieux et nous devons nous montrer à la hauteur de ce noble principe. Nous sommes tous à parts égales les enfants de l'Inde, quelle que soit la religion qui est la nôtre, avec les mêmes droits, les mêmes privilèges et les mêmes obligations. Nous ne pouvons encourager le communautarisme ou l'étroitesse d'esprit, car aucune nation ne saurait être grande dont le peuple fait preuve d'étroitesse d'esprit en pensée ou en action.

To the nations and peoples of the world we send greetings and pledge ourselves to cooperate with them in furthering peace, freedom and democracy.

And to India, our much-loved motherland, the ancient, the eternal and the ever-new, we pay our reverent homage and we bind ourselves afresh to her service.

Aux nations et aux peuples du monde, nous adressons nos salutations, et nous prenons l'engagement de coopérer avec eux afin de promouvoir la paix, la liberté et la démocratie.

Quant à l'Inde, notre patrie tant aimée, l'Inde ancienne, éternelle et toujours nouvelle, nous lui rendons respectueusement hommage et nous engageons de nouveau à la servir.

Traduit de l'anglais par Pascale Haas

Chronologie*

1848-1856 : Les Britanniques imposent en Inde l'anglais comme langue officielle.

1857 : *Premières révoltes contre l'occupation britannique.*

1885 : *Création de l'Indian National Congress (Parti du Congrès).*

1889 : Naissance de Nehru, au sein d'une famille brahmane, la caste la plus haute, à Allahabad. Le père est un avocat fortuné. Études en Grande-Bretagne (Harrow et Cambridge).

1906 : *Naissance à Dacca de la All Indian Muslim League (Ligue musulmane).*

1916 : Il rencontre Gandhi et s'engage dans le long combat pour l'indépendance de l'Inde.

1920 : *Le Parti du Congrès prend position en faveur du combat non violent pour accéder à l'indépendance.*

* Les événements historiques sont présentés en italiques.

1929 : Nehru devient président du Parti du Congrès. Il mobilise le parti pour une indépendance complète de l'Inde.

1939-1945 : Nehru est un des rares dirigeants indiens à prendre nettement position contre le fascisme italien et le nazisme allemand.

1940 : *La Ligue musulmane se donne pour objectif la création d'un État musulman indépendant.*

17 août 1946 : *Émeutes musulmanes en Inde en faveur d'un Pakistan indépendant.*

13 octobre 1946 : *La Ligue musulmane accepte de participer au gouvernement indien.*

20 février 1947 : *Lord Mountbatten est nommé vice-roi des Indes.*

19 avril 1947 : *Le Parti du Congrès accepte la séparation de l'empire des Indes en deux États, l'Inde et Pakistan.*

15 août 1947 : *Proclamation de l'indépendance et création de deux États, l'Inde et le Pakistan.* Nehru est nommé Premier ministre de l'Inde, les échanges de populations entre les deux pays commencent. Les massacres interconfessionnels suivent.

12-18 janvier 1948 : *Jeûne de Gandhi pour la réconciliation nationale.*

30 janvier 1948 : *Assassinat de Gandhi.*

26 janvier 1950 : L'Inde est officiellement proclamée République démocratique souveraine. Nehru la préside.

1951 : Premières réformes agraires.

20 octobre – novembre 1962 : *Un conflit armé s'ouvre sur les frontières sino-indiennes de l'Himalaya.*
27 mai 1964 : Décès de Nehru.

LES GRANDS DISCOURS

«Elles sont 300 000 chaque année»
Discours de SIMONE VEIL pour le droit à l'avortement,
26 novembre 1974
suivi de **«Accéder à la maternité volontaire»**
Discours de LUCIEN NEUWIRTH, 1er juillet 1967

«Lançons la liberté dans les colonies»
Discours de G. J. DANTON et L. DUFAY, 4 février 1794
suivi de **«La France est un arbre vivant»**
Discours de LÉOPOLD SÉDAR SENGHOR, 29 janvier 1957
et de **«La traite et l'esclavage sont un crime contre l'humanité»**
Discours de CHRISTINE TAUBIRA-DELANNON,
18 février 1999

«I have a dream»
Discours de MARTIN LUTHER KING, 28 août 1963
suivi de **La Nation et la race**
Conférence d'ERNEST RENAN, 11 mars 1882
Édition bilingue

«Yes we can»
Discours de BARACK OBAMA, 8 janvier 2008
suivi de **«Nous surmonterons nos difficultés»**
Discours de FRANKLIN D. ROOSEVELT, 4 mars 1933
Édition bilingue

«Du sang, de la sueur et des larmes»
Discours de WINSTON CHURCHILL, 13 mai et 18 juin 1940
suivi de **L'Appel du 18 juin**
Discours du GÉNÉRAL DE GAULLE, 18 et 22 juin 1940
Édition bilingue

« Le mal ne se maintient que par la violence »
Discours du Mahatma Gandhi, 23 mars 1922
suivi de **« La vérité est la seule arme dont nous disposons »**
Discours du Dalaï Lama, 10 décembre 1989
Édition bilingue

« Demain vous voterez l'abolition de la peine de mort »
Discours de Robert Badinter, 17 septembre 1981
suivi de **« Je crois qu'il y a lieu de recourir à la peine exemplaire »**
Discours de Maurice Barrès, 3 juillet 1908

« Vous frappez à tort et à travers »
Discours de François Mitterrand et Michel Rocard, 29 avril 1970
suivi de **« L'insécurité est la première des inégalités »**
Discours de Nicolas Sarkozy, 18 mars 2009

« La paix a ses chances »
Discours d'Itzhak Rabin, 4 novembre 1995
suivi de **« Nous proclamons la création d'un État juif »**
Discours de David Ben Gourion, 14 mai 1948
et de **« La Palestine est le pays natal du peuple palestinien »**
Discours de Yasser Arafat, 15 novembre 1988
Édition bilingue

« Entre ici, Jean Moulin »
Discours d'André Malraux en hommage à Jean Moulin, 19 décembre 1964
suivi de **« Vous ne serez pas morts en vain ! »**
Appels de Thomas Mann sur les ondes de la BBC, mars 1941 et juin 1943
Édition bilingue

« Une révolution des consciences »
Discours d'Aung San Suu Kyi, 9 juillet 1990
suivi de **« Appeler le peuple à la lutte ouverte »**
Discours de Léon Trotsky, 4 octobre 1906
Édition bilingue

« Je démissionne de la présidence »
Discours de Richard Nixon, 8 août 1974
suivi de **« Un grand État cesse d'exister »**
Discours de Mikhaïl Gorbatchev, 25 décembre 1991
et de **« Un jour, je vous le promets »**
Projet de discours attribué au général de Gaulle,
janvier 1946
Édition bilingue

« Africains, levons-nous »
Discours de Patrice Lumumba, 22 mars 1959
suivi de **« Nous préférons la liberté »**
Discours de Sékou Touré, 25 août 1958
et de **« Le devoir de civiliser »**
Discours de Jules Ferry, 28 juillet 1885

« ¡ No pasarán ! »
Appel de Dolores Ibárruri, 19 juillet 1936
suivi de **« Le peuple doit se défendre »**
Message radiodiffusé de Salvador Allende,
11 septembre 1973
et de **« Ce sang qui coule, c'est le vôtre »**
discours de Victor Hugo, 20 avril 1853
Édition bilingue

« Citoyennes, armons-nous »
Discours de Théroigne de Méricourt, 25 mars 1792
suivi de **« Veuillez être leurs égales »**
Adresse de George Sand, avril 1848
et de **« Il est temps »**
Discours d'Élisabeth Guigou, 15 décembre 1998

« Le vote ou le fusil »
Discours de Malcolm X, 3 avril 1964
suivi de **« Nous formons un seul et même pays »**
Discours de John F. Kennedy, 11 juin 1963

« Vive la Commune ! »
Procès de Louise Michel, 16 décembre 1871
suivi de **« La Commune est proclamée »**
Jules Vallès, 30 mars 1871
et de **« La guerre civile en France »**
Adresse de Karl Marx, 30 mai 1871

« Une Europe pour la paix »
Discours de Robert Schuman, 9 mai 1950
suivi de **« Nous disons NON »**
Discours de Jacques Chirac, 6 décembre 1978
et de **« Une communauté passionnée »**
Discours de Stefan Zweig, 1932

« Je vous ai compris ! »
Discours de Charles de Gaulle, 4 juin 1958
suivi de **« L'Algérie n'est pas la France »**
Déclaration du Gouvernement provisoire algérien, 19 septembre 1958
et de **« Le droit à l'insoumission »**
Manifeste des 121 (Simone de Beauvoir, André Breton, Marguerite Duras…), 6 septembre 1960

RÉALISATION : NORD COMPO À VILLENEUVE-D'ASCQ
IMPRESSION : CPI BRODARD ET TAUPIN À LA FLÈCHE
DÉPÔT LÉGAL : AVRIL 2010. N° 102276-4 (3001178)
Imprimé en France

Éditions Points

le cercle

Le catalogue complet de nos collections est sur Le Cercle Points, ainsi que des interviews de vos auteurs préférés, des jeux-concours, des conseils de lecture, des extraits en avant-première…

www.lecerclepoints.com

DERNIERS TITRES PARUS

P2930. Pensées pour moi-même. Le livre autorisé de citations
Nelson Mandela
P2931. Carnivores domestiques (illustrations d'OlivSteen)
Erwan Créac'h
P2932. Tes dernières volontés, *Laura Lippman*
P2933. Disparues, *Chris Mooney*
P2934. La Prisonnière de la tour, *Boris Akounine*
P2935. Cette vie ou une autre, *Dan Chaon*
P2936. Le Chinois, *Henning Mankell*
P2937. La Femme au masque de chair, *Donna Leon*
P2938. Comme neige, *Jon Michelet*
P2939. Par amitié, *George P. Pelecanos*
P2940. Avec le diable, *James Keene, Hillel Levin*
P2941. Les Fleurs de l'ombre, *Steve Mosby*
P2942. Double Dexter, *Jeff Lindsay*
P2943. Vox, *Dominique Sylvain*
P2944. Cobra, *Dominique Sylvain*
P2945. Au lieu-dit Noir-Étang…, *Thomas H. Cook*
P2946. La Place du mort, *Pascal Garnier*
P2947. Terre des rêves. La Trilogie du Minnesota, vol. 1
Vidar Sundstøl
P2948. Les Mille Automnes de Jacob de Zoet
David Mitchell
P2949. La Tuile de Tenpyô, *Yasushi Inoué*
P2950. Claustria, *Régis Jauffret*
P2951. L'Adieu à Stefan Zweig, *Belinda Cannone*
P2952. Là où commence le secret, *Arthur Loustalot*
P2953. Le Sanglot de l'homme noir, *Alain Mabanckou*
P2954. La Zonzon, *Alain Guyard*
P2955. L'éternité n'est pas si longue, *Fanny Chiarello*
P2956. Mémoires d'une femme de ménage
Isaure (en collaboration avec Bertrand Ferrier)
P2957. Je suis faite comme ça. Mémoires, *Juliette Gréco*

P2958. Les Mots et la Chose. Trésors du langage érotique
Jean-Claude Carrière
P2959. Ransom, *Jay McInerney*
P2960. Little Big Bang, *Benny Barbash*
P2961. Vie animale, *Justin Torres*
P2962. Enfin, *Edward St Aubyn*
P2963. La Mort muette, *Volker Kutscher*
P2964. Je trouverai ce que tu aimes, *Louise Doughty*
P2965. Les Sopranos, *Alan Warner*
P2966. Les Étoiles dans le ciel radieux, *Alan Warner*
P2967. Méfiez-vous des enfants sages, *Cécile Coulon*
P2968. Cheese Monkeys, *Chip Kidd*
P2969. Pommes, *Richard Milward*
P2970. Paris à vue d'œil, *Henri Cartier-Bresson*
P2971. Bienvenue en Transylvanie, *Collectif*
P2972. Super triste histoire d'amour, *Gary Shteyngart*
P2973. Les Mots les plus méchants de l'Histoire
Bernadette de Castelbajac
P2474. La femme qui résiste, *Anne Lauvergeon*
P2975. Le Monarque, son fils, son fief, *Marie-Célie Guillaume*
P2976. Écrire est une enfance, *Philippe Delerm*
P2977. Le Dernier Français, *Abd Al Malik*
P2978. Il faudrait s'arracher le cœur, *Dominique Fabre*
P2979. Dans la grande nuit des temps, *Antonio Muñoz Molina*
P2980. L'Expédition polaire à bicyclette
suivi de La Vie sportive aux États-Unis
Robert Benchley
P2981. L'Art de la vie. Karitas, Livre II
Kristín Marja Baldursdóttir
P2982. Parlez-moi d'amour, *Raymond Carver*
P2983. Tais-toi, je t'en prie, *Raymond Carver*
P2984. Débutants, *Raymond Carver*
P2985. Calligraphie des rêves, *Juan Marsé*
P2986. Juste être un homme, *Craig Davidson*
P2987. Les Strauss-Kahn, *Raphaëlle Bacqué, Ariane Chemin*
P2988. Derniers Poèmes, *Friedrich Hölderlin*
P2989. Partie de neige, *Paul Celan*
P2990. Mes conversations avec les tueurs, *Stéphane Bourgoin*
P2991. Double meurtre à Borodi Lane, *Jonathan Kellerman*
P2992. Poussière tu seras, *Sam Millar*
P2993. Jours de tremblement, *François Emmanuel*
P2994. Bataille de chats. Madrid 1936, *Eduardo Mendoza*
P2995. L'Ombre de moi-même, *Aimee Bender*
P2996. Il faut rentrer maintenant…
Eddy Mitchell (avec Didier Varrod)
P2997. Je me suis bien amusé, merci !, *Stéphane Guillon*

P2998. Le Manifeste Chap. Savoir-vivre révolutionnaire pour gentleman moderne, *Gustav Temple, Vic Darkwood*
P2999. Comment j'ai vidé la maison de mes parents, *Lydia Flem*
P3000. Lettres d'amour en héritage, *Lydia Flem*
P3001. Enfant de fer, *Mo Yan*
P3002. Le Chapelet de jade, *Boris Akounine*
P3003. Pour l'amour de Rio, *Jean-Paul Delfino*
P3004. Les Traîtres, *Giancarlo de Cataldo*
P3005. Docteur Pasavento, *Enrique Vila-Matas*
P3006. Mon nom est légion, *António Lobo Antunes*
P3007. Printemps, *Mons Kallentoft*
P3008. La Voie de Bro, *Vladimir Sorokine*
P3009. Une collection très particulière, *Bernard Quiriny*
P3010. Rue des petites daurades, *Fellag*
P3011. L'Œil du léopard, *Henning Mankell*
P3012. Les mères juives ne meurent jamais, *Natalie David-Weill*
P3013. L'Argent de l'État. Un député mène l'enquête *René Dosière*
P3014. Kill kill faster faster, *Joel Rose*
P3015. La Peau de l'autre, *David Carkeet*
P3016. La Reine des Cipayes, *Catherine Clément*
P3017. Job, roman d'un homme simple, *Joseph Roth*
P3018. Espèce de savon à culotte ! et autres injures d'antan *Catherine Guennec*
P3019. Les mots que j'aime et quelques autres… *Jean-Michel Ribes*
P3020. Le Cercle Octobre, *Robert Littell*
P3021. Les Lunes de Jupiter, *Alice Munro*
P3022. Journal (1973-1982), *Joyce Carol Oates*
P3023. Le Musée du Dr Moses, *Joyce Carol Oates*
P3024. Avant la dernière ligne droite, *Patrice Franceschi*
P3025. Boréal, *Paul-Émile Victor*
P3026. Dernières nouvelles du Sud *Luis Sepúlveda, Daniel Mordzinski*
P3027. L'Aventure, pour quoi faire ?, *collectif*
P3028. La Muraille de lave, *Arnaldur Indridason*
P3029. L'Invisible, *Robert Pobi*
P3030. L'Attente de l'aube, *William Boyd*
P3031. Le Mur, le Kabyle et le marin, *Antonin Varenne*
P3032. Emily, *Stewart O'Nan*
P3033. Les oranges ne sont pas les seuls fruits *Jeanette Winterson*
P3034. Le Sexe des cerises, *Jeanette Winterson*
P3035. À la trace, *Deon Meyer*
P3036. Comment devenir écrivain quand on vient de la grande plouquerie internationale, *Caryl Férey*

P3037. Doña Isabel (ou la véridique et très mystérieuse histoire d'une Créole perdue dans la forêt des Amazones) *Christel Mouchard*
P3038. Psychose, *Robert Bloch*
P3039. Équatoria, *Patrick Deville*
P3040. Moi, la fille qui plongeait dans le cœur du monde *Sabina Berman*
P3041. L'Abandon, *Peter Rock*
P3042. Allmen et le diamant rose, *Martin Suter*
P3043. Sur le fil du rasoir, *Oliver Harris*
P3044. Que vont devenir les grenouilles ?, *Lorrie Moore*
P3045. Quelque chose en nous de Michel Berger *Yves Bigot*
P3046. Elizabeth II. Dans l'intimité du règne, *Isabelle Rivère*
P3047. Confession d'un tueur à gages, *Ma Xiaoquan*
P3048. La Chute. Le mystère Léviathan (tome 1) *Lionel Davoust*
P3049. Tout seul. Souvenirs, *Raymond Domenech*
P3050. L'homme naît grâce au cri, *Claude Vigée*
P3051. L'Empreinte des morts, *C.J. Box*
P3052. Qui a tué l'ayatollah Kanuni ?, *Naïri Nahapétian*
P3053. Cyber China, *Qiu Xiaolong*
P3054. Chamamé, *Leonardo Oyola*
P3055. Anquetil tout seul, *Paul Fournel*
P3056. Marcus, *Pierre Chazal*
P3057. Les Sœurs Brelan, *François Vallejo*
P3058. L'Espionne de Tanger, *María Dueñas*
P3059. Mick. Sex and rock'n'roll, *Christopher Andersen*
P3060. Ta carrière est fi-nie !, *Zoé Shepard*
P3061. Invitation à un assassinat, *Carmen Posadas*
P3062. L'Envers du miroir, *Jennifer Egan*
P3063. Dictionnaire ouvert jusqu'à 22 heures *Académie Alphonse Allais*
P3064. Encore un mot. Billets du Figaro, *Étienne de Montety*
P3065. Frissons d'assises. L'instant où le procès bascule *Stéphane Durand-Souffland*
P3066. Y revenir, *Dominique Ané*
P3067. J'ai épousé Johnny à Notre-Dame-de-Sion *Fariba Hachtroudi*
P3068. Un concours de circonstances, *Amy Waldman*
P3069. La Pointe du couteau, *Gérard Chaliand*
P3070. Lila, *Robert M. Pirsig*
P3071. Les Amoureux de Sylvia, *Elizabeth Gaskell*
P3072. Cet été-là, *William Trevor*
P3073. Lucy, *William Trevor*
P3074. Diam's. Autobiographie, *Mélanie Georgiades*